SALAMMBO

ÉTUDE CRITIQUE,

PAR

ERNEST SIMONIN.

PRIX : 75 CENT.

ROUEN,

GIROUX ET RENAUX, IMPRIMEURS-ÉDITEURS,
Rue de l'Hôpital, 25;

DURAND, LIBRAIRE, RUE SAINT-LO, 40

1863.

SALAMMBO

ÉTUDE CRITIQUE,

PAR

ERNEST SIMONIN.

SALAMMBO

ÉTUDE CRITIQUE.

I

> Un auteur quelquefois, trop plein de son objet,
> Jamais sans l'épuiser n'abandonne un sujet.
> S'il rencontre un palais, il m'en dépeint la face ;
> Il me promène après de terrasse en terrasse :
> Ici s'offre un perron, là règne un corridor ;
> Là ce balcon s'enferme en un balustre d'or.
> Il compte des plafonds les ronds et les ovales ;
> Ce ne sont que festons, ce ne sont qu'astragales.
> Je saute vingt feuillets pour en trouver la fin,
> Et je me sauve à peine au travers du jardin.
> Fuyez de ces auteurs l'abondance stérile,
> Et ne vous chargez point d'un détail inutile.
> Tout ce qu'on dit de trop est fade et rebutant:
> L'esprit rassasié le rejette à l'instant.
>
> (BOILEAU, Art poétique.)

Enfin j'ai pu, grand Dieu! terminer SALAMMBÔ,

Et l'ai conduite, hélas! à son dernier tombeau.

Depuis ce jour fatal, je suis comme un homme ivre,

Mon esprit est en proie à des rêves affreux ;

Je ne vois que du sang sur les pages du livre :

Hannon crucifié me suit, spectre hideux !

Je regrette trop tard d'être entré dans Carthage,
J'y marche constamment au milieu du carnage,
Et tout, prodige horrible ! arbres, palais, mer, cieux,
Par un art inconnu devient rouge à mes yeux.
En vain, pour conjurer mon étrange faiblesse,
Je cours m'initier aux rites de Tanit,
L'effet du talisman que m'offre la déesse
Est de rendre mon cœur plus dur que le granit.

II

Je ne vois dans la place et chez les Mercenaires
Que gibier de potence avec force bourreaux ;
Monstres qu'on voudrait croire au moins imaginaires,
Tigres démesurés sortis de leurs repaires,
Déchirant à plaisir des membres en lambeaux,
Et dont l'aspect fait peur même aux dieux infernaux.
J'entends partout siffler ce souffle des batailles,
Qui sous Rome doit faire écrouler ses murailles ;
J'entends en frissonnant l'impitoyable mort,
Vautour inassouvi volant dans les ténèbres,

Qui s'abat et saisit dans ses serres funèbres

Tous ceux qui survivaient aux caprices du sort.

J'entends le désespoir de cette armée entière,

Qui, prise comme un rat dans une souricière,

Ne fait pour se sauver qu'un inutile effort.

J'entends du vieux Giscon la barbare agonie,

Et sur ce sol sanglant de la Mauritanie,

Les cris de tout un peuple, acharnés, triomphants,

Quand Carthage elle-même immole ses enfants !

J'entends dans le désert vibrer l'écho sonore

Du râle des mourants que le fer frappe encore,

Le lion qui rugit en flairant un repas,

La foudre qui se mêle aux horreurs du trépas,

Et le pétillement du sinistre incendie,

Qui n'éclaire que trop la morne tragédie.

III

Pour tromper ma fatigue à travers ces débris,

J'espère rencontrer quelque fraîche oasis

Où je puisse un instant, sans être à la torture,

Respirer à mon aise et soulager mon cœur ;
Mais Salammbô n'a point de fleurs à sa ceinture,
Rien ne vient remplacer cette morte nature,
Rien ne vient de mes yeux en détourner l'horreur.
Plus je pousse en avant dans ce volume jaune,
Plus il semble vouloir qu'on le mesure à l'aune ;
Partout il s'en exhale une odeur d'hôpital
Qui sauterait au nez du rude Juvénal.
Ah ! si le réalisme avait seul droit d'écrire,
J'aimerais mieux, je crois, ne plus jamais rien lire.
Ici, quoiqu'il m'en coûte, à parler net et franc,
J'attends, j'attends toujours l'intérêt du roman.
Je trouve, n'en déplaise à son illustre maître,
(Au risque de passer pour mauvais courtisan),
Que l'ouvrage ayant eu tant de peine pour naître,
Comme un foudre éclatant doit se faire connaître ;
Qu'à tort il prend d'avance un air monumental,
Que peut-être son nom est seul original,
Qu'il est bon de l'ouvrir durant un jour de pluie,
Qu'autrement il fatigue, impatiente, ennuie,
Et qu'il est, somme toute, un livre sépulcral.

IV

Après vingt siècles, c'est : Carthage qu'il exhume,
Fossile retrouvé, moins ses vieux ossements;
Un massacre inédit, plein d'épouvantements,
Qui manquait jusqu'alors à sa gloire posthume;
Un récit suranné, rehaussé d'oripeaux,
Qui se plaît dans la fange et hante les ruisseaux,
Commentaire pompeux habillé d'écarlate,
Qui n'aura su laisser sur ces mêmes tombeaux
Où s'assit Marius, ni son nom ni sa date;
Un tableau tout barbare où d'éternels combats
Assomment le lecteur bien plus que les soldats;
Une prose qui rend comme un son métallique,
Mosaïque bizarre, en marbre numidique;
Un conte oriental dont on ne revient pas,
Phénomène vivant aux portes du trépas,
Travail cyclopéen échappé de la plume,
Après être resté six ans sous une enclume.

C'est un savant traité des plus cruels tourments,
Un luxe ingénieux d'horribles châtiments.

C'est le grand Hamilcar sauvant la république,
Et l'art ressuscitant une langue punique !
Spendius, vil meneur de bandits non payés,
Qui réchauffent leur haine aux éclats de la fête,
A la pointe du glaive écrivent leur requête,
Et font trembler ceux-là qui les ont employés.
C'est Annibal sauvé prêt à devenir homme,
Pour vaincre les Romains à la barbe de Rome ;
C'est l'état de santé du noir serpent Python,
Oracle fort commode, ami de la maison ;
C'est un festin sauvage où de vrais Cannibales
Font, gorgés de vin grec, d'ignobles saturnales ;
Une arène terrible, où de lourds éléphants
Etreignent l'ennemi sous leurs pieds étouffants ;
C'est Matho, satisfait de voir sa proie en cage,
Rustre obèse, amoureux comme un coq de village,
Qui veut, mais sans succès, ici faire le beau,
Et roucoule fort mal auprès de Salammbô ;
C'est d'une boue atroce un visqueux réceptacle ;
C'est d'un fleuve de sang l'effrayante débâcle ;
C'est l'infernal concert d'enragés instruments,
Hurlant à qui mieux mieux de longs rugissements ;

C'est d'un bout jusqu'à l'autre un douloureux spectacle,

Dont l'orgie et le meurtre ont seuls fait tous les frais,

Pour satisfaire au goût qui donne le succès,

Et peut-être en ce genre est-ce un nouveau miracle ?

Aussi lorsque, debout, cette reine des mers,

Qui fit à ses rivaux compter plus d'un revers,

Comme une ombre apparaît sur la plage africaine,

Dans son sable noyé sous l'hécatombe humaine,

Dans cet amas confus d'armes, de vêtements,

Dont Polybe n'a point fourni les documents ;

Dans ces corps mutilés qui rougissent la plaine,

Dont l'aspect repoussant vient glacer mon haleine ;

Dans ce choc répété des assauts meurtriers,

Où l'auteur fait tout seul manœuvrer ses guerriers ;

Dans l'holocauste affreux où l'âge des victimes

Arrache à ma pitié des larmes légitimes ;

Dans ces champs dépourvus de gloire et de lauriers,

Que chacun sans remords quitte pour l'autre monde,

Je ne puis vraiment voir qu'un abattoir immonde,

Où, quand ne frappe plus la hache du bourreau,

Le sang creuse à nos pieds son ornière profonde.

V

Semblable au condamné, je suis sous le couteau ;
Mon supplice est de voir grossir mon épouvante,
Je deviens fou ! Je sens à ma tête brûlante
Que, s'il est vrai, ce vrai n'est point là le vrai beau.
L'auteur me fait passer sous ses fourches caudines ;
Je souffre sans pleurer assis sur des épines.
Je sonne... J'ai besoin qu'on m'apporte un verre d'eau ;
Puis je reviens, tremblant, à l'ombre des cuisines,
Et quand j'y vois rôtir, heureux Carthaginois !
Vos friands petits chiens, ce mets digne des rois,
Un immense dégoût me gagne... Je suffoque,
Je peste, je maudis l'artiste qui me choque ;
Je voudrais à tout prix rebrousser le chemin,
Sauf à perdre l'effet d'une couleur locale,
Qui fait si bon marché de l'espèce animale ;
Je voudrais, indigné, du revers de la main,
Renverser sous mes pieds la table et le festin.
Je fuis l'infecte odeur qui me monte à la gorge
(J'aimerais mieux six mois me nourrir de pain d'orge).

Et sans ces flots de sang répandus devant moi,

Qui retiennent l'éloge et font pâlir d'effroi,

Sans ces tableaux malsains qui désolent notre âme,

Et d'où ne jaillit pas le moindre jet de flamme,

Je pourrais m'écrier, comme d'autres, bien haut :

« Le roman est parfait, et l'auteur sans défaut.

« Ce chef-d'œuvre incompris dans son style plastique

« Est, à n'en plus douter, tout un poème épique. »

Je pourrais ajouter : Quel lugubre flambeau,

Plus digne d'éclairer ce vaste cimetière,

Où l'orgueil de Carthage étale sa poussière !

Rien n'en reste en effet ; son sol est de niveau,

L'auteur l'a reconstruite entière en son cerveau.

Il la peint, la décrit, la peuple à sa manière,

Et si l'illusion ne dure qu'un moment,

En face d'une ébauche impuissante à tout rendre,

Tant la nuit du passé la cache sous sa cendre,

Quel courageux effort ! quel parfait dévoûment

A cette tâche ingrate, où le géant succombe

En voulant soulever la pierre de sa tombe !

VI

Salammbô n'était point sur le marché français,
Que déjà son nom seul commandait le succès ;
C'est qu'il semblait promettre une histoire très-rare,
Que son maître à dessein gardait comme un avare ;
C'est qu'un charmant mystère augmentait ses attraits ;
C'est qu'elle eut pour aînée une sœur sans pareille,
Dont le scandale tinte encore à notre oreille ;
C'est qu'aussi l'écrivain dans cet art tout nouveau
Est le fantasque roi d'un fantasque troupeau.
Quel souverain mépris d'un vulgaire atticisme !
Quel heureux spécimen du plus pur réalisme !
Vrai trésor que le peintre un jour a découvert,
Fleur lybienne éclose au souffle du désert,
Qu'il a su reproduire avec sa grâce antique,
Et sa robe de pourpre et son collier vermeil,
Et ses mortels parfums invitant au sommeil.
Quels soins étudiés ! Quel livre magnifique !
Quel beau rouge foncé dans cet astre naissant !
Quel sujet plus classique et plus intéressant !

Pour un second début, quel fameux coup de maître !

Quelle admirable prose à sa voix vient de naître,

Qui s'intitule en vain prose de l'avenir,

Et qu'on voudrait comprendre au moins pour l'applaudir.

L'histoire est sous sa main exactement traduite,

L'intrigue bien nouée et savamment conduite.

Que d'infinis détails ! Quel cliquetis de mots

Qui vont, mal accouplés, effaroucher les sots !

VII

C'est merveille ! Lisez... c'est le fruit d'un génie

Ennemi déclaré de la monotonie.

Voyez... son livre court... ô prodige éclatant !

Comme un enfant gâté, glorieux et content,

Qui secoue, indocile, une règle importune,

Et trouve dans sa route à faire sa fortune.

Tout le monde, au début, se fait son protecteur,

En respirant l'encens qu'on brûle en son honneur ;

On l'accueille, on le flatte, on se l'arrache. On baille

Au premier coup de dent des soldats en ripaille ;

Puis quand, ayant perdu sa fleur de nouveauté,

Pour tout charme, il n'a plus qu'un air d'antiquité,
On prétend que sa plume écrit vaille que vaille;
On met à le juger plus de sévérité :
Il s'embarrasse à tort portant un lourd bagage,
On le voudrait humain sous un autre plumage,
On cesse de vanter sa grâce et sa beauté,
Et bientôt un public sot et désappointé
(La roche tarpéienne est près du Capitole)
Brise dans son dépit son éphémère idole.
Il est vrai que l'auteur démontre éloquemment,
Plus réaliste encor qu'il ne semble antiquaire,
Qu'à tout ainsi décrire, exempt d'entraînement,
Ni le profond savoir de son long commentaire,
Ni ses vieux instruments de torture et de mort,
Ni de tous ses héros l'inévitable sort,
Ni Carthage en péril et son culte à la lune,
Ne sauraient longtemps plaire au commun des lecteurs,
Dont le goût n'est pas fait pour ces fortes saveurs.
Mais.... le talent dédaigne une telle infortune,
Du faîte inaccessible où règnent ses splendeurs.

VIII

Eh ! qu'importe, après tout, si la forme rachète
Tout ce qui peut manquer à sa fille cadette ?
Aussi, pour peindre mieux mon plein ravissement,
Et léguer à l'artiste un encouragement,
Je force la louange à retirer son masque,
Et je dis sans trompette et sans tambour de basque :
« Buffon auprès de lui n'a qu'un maigre pinceau ;
« Par ses riches couleurs il surpasse Rousseau ;
« Son style chatoyant en ses reflets multiples
« Le pose sans rivaux. — Il n'a que des disciples,
« Et pour un novateur c'est le sort le plus beau.
« Enfin, malgré l'Afrique où son art fait merveille,
« Dans ce dédale obscur où rien ne me réveille,
« Il n'en brille pas moins comme un soleil normand,
« Dont l'éclat fait pâlir jusqu'à Châteaubriand. »
O France, qui vis naître et Molière et Corneille,
Tes enfants à présent sont par trop délicats,
Et tu te plains à tort que ta gloire sommeille,

Quand chaque jour apporte un laurier sous tes pas.

Pourquoi de nos aïeux n'ont-ils plus la rudesse,

Quand le gland des forêts faisait seul leur repas?

Dans nn clinquant poudreux ils verraient la richesse,

Dans un gros potiron un suave ananas ,

Dans l'onde du torrent le doux jus de la vigne ,

Dans un rhythme farouche un dernier chant du cygne,

Et dans l'odeur du sang l'idéal des combats.

Alors tout serait bon pour ces nouveaux barbares ;

Rien ne répugnerait à leurs penchants bizarres ;

Tout obtiendrait près d'eux un facile succès,

Et le roman lui-même aurait bien plus d'attraits.

IX

Allons, ne gronde plus, toi, pauvre esprit malade ;

Cesse de dénigrer le comble du progrès

Dans ce bel art d'écrire autrefois si français,

Et plutôt que de faire une folle escapade,

Ecoute avec respect les oracles du jour,

Empresse-toi comme eux d'applaudir à ton tour.

La rage de fronder rend ton humeur maussade ;

Arrière désormais la critique en tes vers ;

C'est une sotte ici qui prend tout à l'envers

Et sur un livre d'or butine à l'aventure.

Ne saurais-tu donc voir toutes choses en beau,

Et fêter le génie en lisant Salammbô ?

Crois-moi, sois plus traitable et change ton allure ;

Dans ce siècle il n'est rien de laid dans la nature ;

Tout devient admirable avec un grain d'encens,

Et doit plaire à tes yeux en dépit du bon sens.

Il faut savoir sourire à l'œuvre qu'on renomme,

Il faut surtout avoir la foi dans son journal,

Il faut être attentif à son moindre signal,

Et s'il transforme vite un auteur en grand homme,

Il faut... quelque jaloux seul peut le trouver mal,

Renchérir sur l'avis de son maître d'école,

Et croire au nouveau dieu sur sa simple parole.

Allons, que Salammbô reprenne le Zaïmph,

Qui fera triompher son fard et sa parure ;

Invoquons, s'il le faut, Eschmoûn, Schahabarim,

Pour le salut prochain de sa littérature ;

N'oublions pas Moloch, le grand dévorateur,

Nous pouvons sans danger, je crois, lui rendre honneur.

N'oublions pas tous ceux, ogres, dieux ou barbares,

Que la rime n'entend nommer qu'avec terreur.

Une larme au destin des frondeurs Baléares,

Pour l'orgueilleux Suffète un large piédestal,

Et pour sa vierge folle un bouquet virginal !

Allons, sonnez plus fort, fanfares de la presse,

Sonnez pour Salammbô tous vos airs d'allégresse ;

Que, grâce à vous, sa gloire éblouisse les yeux ;

De ses adorateurs entretenez la flamme ;

Dressez à votre idole un trône lumineux ;

Faites fumer l'encens qu'exige la réclame,

L'astre n'en aura pas un éclat plus fameux.

C'est en vain que, prôné partout dans vos colonnes,

Il voudrait un regard de la postérité ;

Le temps, qui vient déjà de flétrir vos couronnes,

Dira pour rétablir l'austère vérité :

« Il fut plus malheureux encore que Carthage,

« Dont la mémoire a pu survivre à son naufrage ;

« De ce livre bruyant il n'est rien demeuré,

« L'oubli, l'oubli cruel l'a vite dévoré. »

Rouen, imprimerie Giroux et Renaux, rue de l'Hôpital, 25.

9 782013 653503